Ecco Meineke

DAS WAHRE TÜRKIS

Lyrik im SALON

SALON *Literatur*VERLAG

1. Auflage 2026

Bibliografische Information der Deutschen Nationalbibliothek: Die Deutsche Nationalbibliothek verzeichnet diese Publikation in der Deutschen Nationalbibliografie; detaillierte bibliografische Daten sind im Internet über dnb.dnb.de abrufbar.

Umschlagmotiv: Fa-Ro Marketing GmbH
Druck und Bindung: CPI Print, Leck
Gesetzt mit Schriftschnitt Cambria.

SALON *Literatur*VERLAG
80634 München
Volkartstraße 2c
www.SALONLiteraturVERLAG.de
E-Mail: info@SALONLiteraturVERLAG.de

ISBN 978-3-947404-55-1

Vorschlag für posthume, öffentliche Beschilderung an Millionen von Gebäuden

„IN DIESEM HAUSE
LEBTE DER BERÜHMTE
DICHTER ECCO MEINEKE –
JEDENFALLS NICHT.“

16.8.2012, ABENDS

Inhalt

ECCO MEINEKE

DAS WAHRE TÜRKIS

LYRIK IM SALON

SALON *Literatur*VERLAG

Bettgefängnis

Schuhe hallen herauf vom Bürgersteig
Das gemeinsame Bett: Paradies einst, Gefängnis nun.
Der Schuhe Klang aber: Freiheit.

ecco 11.1.2014

Aufenthalt

Aufenthalt –
Sein zwischen
Losgegangen
Und nicht
Angekommen
Und doch nicht gehen
Noch vor zehn Minuten
Saß ich im Zug
Nun sitze ich wieder
Im Zug
Es zieht wie Hechtsuppe
Die Spargelcremesuppe hingegen
Gedacht nur
Als Verdauungsbasis für 7 Tabletten
Vorab verordnet von der Zahnchirurgin
Genieße überraschenderweise
Ich

Auf dem lautlosen ntv-Screen
Die stumme Pappnasen-Parade
Vom G8-Gipfel
Anschließend der lange Obama
Neben dem kurzen Sarkozy
Wie zwei Clowns
Unvermittelt

Passend zwar aber
Erschreckend konsequent
Bilder von Explosionen
In einem dafür offenbar typischen
Armen, kargen und sandigen fernen Land

hbf münchen, 13.00 uhr

BÜRO

Da gehen Leute hin
Die da drin blass werden
Damit sie genug Geld verdienen
Um im Urlaub
Ganz schnell braun zu werden

ecco 7.6.18

Der Autor

Da tritt er an die Oberfläche
Mit einem Klumpen Gold in der Hand
Der Glanz überstrahlt
Seinen Alltag
Als Müllschlucker

ecco 26.7.2006

Des Menschen Freiheit

Des Menschen Freiheit
ist wie ein leeres Buch
Was er hineinschreiben mag
steht ihm frei
Das Buch selbst aber
gab ihm jemand anderes
und
er wird es
abgeben müssen
am Ende

ecco 16.8.2003

Die Brandung

Der eigentliche
Fels
In der Brandung
Ist:
Die Brandung

ecco 24.7.2017

Die sich nicht zeigen

Die sich nicht zeigen
Sieht man nicht

Die man nicht sieht
Kennt man nicht

Die man nicht kennt
Will man nicht sehen

Die man nicht sehen will
Zeigen sich nicht

Die sich nicht zeigen
Sieht man nicht

ecco august 2019
budapest

Donnerstag

Die Stadt kommt mir heut so fremd vor
Eine Stille ist im Lärm und der Lärm ist
viel zu still
Die Leute ziehn ihr Ding durch, sie
können nichts dafür
Ich hab nichts vor, nein, nichts von
größerer Bedeutung
Ich bin so unberührt, so fern, vielleicht
weil du mir fehlst

Die Stadt, sie ist heut wie ein
Puppenhaus
Ich gehe absichtslos mich schleppend
durchs Gemenge
Ich kenne alle ihre Zwänge, die
Bewegungen, die eingeübten
vieltausend Arglosigkeiten, doch:
Ich scheine am Ende zu sein
Nicht mal Wut, nicht mal Verbitterung,
und als ob, als wär ich etwa nur
zu kurz gekommen
Bin weder gern noch ungern, nur
am Ende meines Wollens
und lass mich kraftlos altern ohne
Gegenwehr

18 Die Stadt kommt mir heut so fremd vor,
als hätt ich was verbrochen
als erwartete ich den Riss
Wann schlägt mich einer nieder?
Ich habe durchgemacht,
misstrau sogar dem Hunger,
der Sonne und dem Schatten

Ich hab zum ersten Mal Zeit, zuviel, vielleicht
weil heute niemand auf mich wartet
Ein Donnerstag,
der auch vorüberging

ecco 9.9.99

Für eine Literatur der Bescheidenheit

Es gab Zeiten
da genügte es schon

ecco 12.3.1998

Gedenken

Die Gefallenen
taten uns
keinen Gefallen
damit
im Krieg zu fallen
Ein viel zu hoher Preis
Selbst für die Dummheit
in den Krieg gezogen zu sein

ecco 8.6.2004

Grundrechte

Ironischerweise zählen Grundrechte
immer dann besonders wenig,
wenn sich ein Grund-Rechter
damit beschäftigt

ecco 3.8.2013

Ironie des Schicksals

in voller Kraft
meiner Jugend
hätte ich mir
eines Liebeskummers wegen
locker den Luxus
eines Selbstmords gegönnt
nun
da ich glücklich liebe
ereilt mich
der langsame Verfall

ecco 14.9.2011

Ohne Titel

Lyrik boomt
Gedichte sind super!
Zack Zack!
Fertig. Aus.

ecco 1.6.1999

Mutters Tod

Ich wurde fünfzig
dieses Jahr
mein Sohn
wird morgen zehn
und heute
ist meine Mutter gestorben
es war ein herrlicher
sonniger Herbsttag
meine Geliebte
und ich
hatten uns
einen ganzen Tag lang
der Faulheit
und der Liebe
hingegeben
die Schussfahrt vom Berg
hinunter in die Auen
ein Körpergefühl, das
ich als pures Glück empfand
zu Hause dann
noch eine Stunde
für mich
wie ich dachte
eine sms
von meiner Schwester
eine sehr kurze

„Mutti ist tot“
wie sonderbar
der Tag selbst gibt sich
unbeirrt
als ein Tag wie jeder andere
ich würde am Abend
auftreten
natürlich
ginge selbst tanzen
wenn man nicht von mir erwartete
ich müsse
verzweifelt sein
an einem solchen Tag
ja, schwarz und unwirklich
wurde die Welt mir
immer dann
wenn eine Geliebte
ich verlor
an einen anderen
an die Zeit
(nicht mal an den Tod)
so aber
lese ich Zeitung
schaue Frauen nach
notiere Sätze
wie sonst auch
dem Bus entstiegen
den langen Fußweg

hin zum Pflegeheim
wie an so vielen
vereinzelten Sonntagen
immer mich wundernd
wie wenig wir wissen
was es bedeutet, frei umherzulaufen
planen zu können,
entscheiden zu können
sich mitteilen
selber essen zu können
das abendliche Heim
sehr ruhig heute
meine Schwester mit einem schweren
Schlüsselbund voran
ein hässlicher Kellergang
vollgestellt mit Wagen
dreckiger Wäsche
eine unscheinbare metallene
Kellertür zum
Aufbahrungsraum
darin
der kleine
dürre
zuletzt verdrehte Körper
die nach oben angewinkelten Knie
darüber das Leichentuch
eine völlig unwirkliche Leiche
nie sah ich einen toten Menschen

aus solcher Nähe
wir wechseln uns ab
beim Betrachten
eine letzte einsame Minute
lässt mich meine Schwester allein
man glaubt immer
dieser Körper sei der Mensch,
den man kannte,
er ist es nicht mehr
allenfalls spiegelt sich darin
das letzte Gesicht
ihre Augen
halb offen
der Mund weit geöffnet
die Haut wächsern
und gespannt
der letzte Kuss
auf eine unnatürlich
kalte Stirn
beim hinausgehen
versuche ich an diversen Schaltern
das Licht zu löschen
es schaudert mich, das zu tun
stattdessen springt
ein Kühlaggregat an
und lässt sich nicht mehr stoppen
ich solle abschließen
hieß es

und
ich sperre Mama ein
für die Ewigkeit
wie absurd
noch im Gang
begegnet mir Trost
zwischen Tür und Angel
ein sehr engagierter kleiner Mann
mit kleiner Ledertasche
wie Doktoren sie tragen
er meint, er habe viele
Menschen sterben sehen
die meisten mit einem letzten Lächeln
andere,
die sich nicht lösen wollten
jeder sterbe wohl
wie er gelebt habe
man solle den letzten Schritt
nicht fürchten
und diese Furchtlosigkeit der Nachwelt mitgeben
was für eine Begegnung!
dann
oben
im Pflegezimmer
viele Fotos
Trostnippes
Schutzengelchen
über Lautsprecher

höre ich das rührend profane
Telefongespräch
mit dem städtischen Bestattungsinstitut
mit:
ein
Bilderbuchbayer
schlicht und herzerfrischend
normal
wir verabschieden uns
von den Schwestern
die beteuern, es sei auch für sie
nicht einfach, wenn einer stirbt
vier Jahre war Mama dort
es war turbulent gewesen
witzig auch
und meine Schwester Dauergast hier
und mit allen Details des Pflegealltags
vertraut gewesen
erst als sie die Pflegerinnen umarmt
kommen mir Tränen

ecco 3.11.2011

Regen

Regen
in ganz dünnen Fäden ....
als hielte er
den Innenhof
mit seinen engen Häusern
die Bäume und die Mülltonnen
die Zäune und die Balkone
mit all ihrem Rost
als hielte er
den ganzen Klumpen Welt
als Marionettenpuppe
in der Hand
Nur ich
betrachte dies
ohne jeden Halt
von außen
tonnenschwer gefesselt
ohne Fall und ohne Steigung

ecco 28.07.2003

Sonderlinge

Nun ja, Bäume, die alleine stehen
schwanken einfach stärker.
Sie brechen leichter, ja,
aber sie haben Wind und Sonne,
soviel sie wollen.

ecco 18.5.1997
am blauen see

32 Der grosse Tag

bei den Feierlichkeiten
anlässlich des Jahrestages
wurde
zu Ehren
des Gedenkens
der ehemaligen
aber auch zur Mahnung
der folgenden
von allen betroffenen Seiten
an den Stellenwert
erinnert
und dies
im Kern und
in aller Ausdrücklichkeit
bekräftigt

ecco 6.6.2014

Wertekanon statt Multikultur

Wenn Sie an einer roten Ampel
stehenbleiben
bleiben Sie an einer
roten
Ampel stehen
oder an einer
deutschen?

ecco 30.10.2000

BORNA, BAHNHOF

dreiviertelstunde ausharren
vor einem beheizten Zug

drinnen eine Zeitung lesende
Bedienstete „ohne einfluss“

draußen kalter Nebel. das alte Kinderspiel:
einen Kronenkorken durch zwei durchkicken

der alte Mann mit schwarzem Stock, den ich
vor einem Kilometer noch Abfalleimer durchstöbern
sah

Baskenmütze, milchige Augen, rot unterlaufen, das
linke halbgeschlossen, überprüft nun auch die Eimer
am Bahnhof

dort hat der Wind aus verschnupften Taschentüchern
ein Boden-Mobile gebastelt

die Hände sind klamm vom Schreiben
und durchstreichen

ecco 17.11.2013

Depression

Wenn du traurig bist
geh zu deinem inneren Schneider
und sag ihm:
Machen Sie mir bitte
meine Welt größer

ecco 1.1.2022

36 BUDAPEST, SZENT ISTVAN PLATZ

paramilitärisch Uniformierte
tragen heiligen Schrittes
die rechte Hand
eines Königs über den Platz

Alleinherrschaft und Krieg
sollen für immer
heilig gelten

fünf Meter entfernt davon
liegt eine alte Frau
auf ihrem Bauch
den Kopf im Straßenstaub
und bittet um ein paar Münzen

all dies
vielleicht gottlob
gleichgültig fotografiert
von Touristen
den Sommer genießend

heiliger Strohsack!
Je pompöser die Vergangenheit
desto widerlicher die Gegenwart

ecco august 2019

Das wahre Türkis

Nachsaison in Vourvourou
Fast alles ist geschlossen
Aber alle Farben Blau
Haben sich nicht abhalten lassen
Und mein Sohn lernt hier das Meer kennen
Die größte Badewanne der Welt
Die Freude kennt keine Grenzen
Wenn der Arsch in die Wellen klatscht
Sein Programm ist unerschöpflich
Der kleine Mann will laufen
Und kann sich nur hochziehen
Die Bäume summen von Tausenden von Bienen
Tags und nächtens summt eine einzige Mücke
Das Lied von der ausweglosen Schlaflosigkeit
Drum and Bass-Sirtaki von der nahen Disco
Weht durchs Fenster, das von allein nicht aufbleibt
Der melancholische Chor der streunenden Hunde
Kläfft und jault sich in eine Endlosschleife
Und frühmorgens eine Stunde vor Sonnenaufgang
Bricht die Hölle der Rasensprinkleranlage
In die Tiefschlafphase
Dann –
kommt der Kleine und will seinen Tag haben
Wir tragen ihn zur grauen Brandung
Allein da draußen im Samt

Von Fels und Himmelshügeln
Versunken in die Betrachtung
des wahren Türkis
Seitdem bin ich innen
Der so lang ich außerhalb war von mir
Nicht Regisseur
Allemal Schauspieler
Am ehesten
Mein eigener Zuschauer

ecco ende september 2002
überarbeitet 5.10.2002

Die Ungeschmeidigen

Vorsicht ist geboten
Vor denen
Auf deren Bannern steht

Die Menschen müssten nur
Menschlich sein
Ehrlich, locker und bescheiden

Sie sind
Die Verklemmtesten
Von allen

ecco 2.2.2020
(robert zu ehren)

Der Kapitalismus

Der Kapitalismus ist wie ein Autofahrer
Die Abgase, die er produziert
Atmet nicht er ein
Sondern alle anderen
Draußen

ecco 15.8.2019
ungarn / komarom

Einfach da

es wird immer schwieriger, einfach da zu sein.
neulich verwickelt mich einer in ein Gespräch
und irgendwann erzähl ich von meinem Nachbarn,
einem Norweger, da stutzt der andere und sagt
ein Norweger? Ob der aus Afrika komme?
sag ich: „naja, eher weniger"
wie seine Haut wäre
sag ich, „da hätte ich mir noch keine Gedanken
gemacht"
naja, ob dunkel oder hell
sag ich, „eher hell"
sagt er: „nicht wenigstens ein wenig dunkler?
sonnengegerbt wenigstens?"
sag ich, „ja das könnte schon sein"
„wettergegerbt" hatte ich dann so in die Arena
geworfen
naja, tags drauf hatte „pro Deutschland" gleich eine
Kundgebung angemeldet
„keine Islamisten-Moschee" wurde skandiert
die waren aber gleich wieder weg
denn um die Ecke soll ein Schweizer leben
der schon mal in Amerika war
und da sollen ja,
wie man hört
angeblich auch Muslime leben

ecco 23.8.2013

Lied

Da steht er nun draußen in der Sonne
Der Polizist
Und sperrt die Strasse ab
Steht da mit seinem einzigen Leben
Wie wir alle
Die Wolken ziehen rasch hinweg
Über seine kurzen Haare
Gleich ist der Schwertransporter aus der Parklücke
Und der Spuk ist vorbei
Mir kommen die Tränen über den Song
Den ich gerade höre
Die Zigarette drängt sich auf
Und hüllt mich in die Illusion
Cooler zu sein in meiner Einsamkeit
Die ich ab und an und so auch jetzt
Feiere wie Cäsar
Der sich einen roten Teppich
Durch eine menschenleere Stadt legen ließ
Und sich das Konfetti, das er selbst mitgebracht hat
Über die Glatze streuselt

Wie liebe ich dieses Zimmer:
An Wochenenden wie diesen
Läuft alle zwei Minuten ein Mensch
Am Schaufenster vorbei

Besonders jene Frau mit ihrem kleinen Kind
Die so anders ist als alle anderen
Ich, der ich noch immer Zeitschriftenschönheiten
Nachsehe
Und der Frau, die ich verlor, nachtrauere
Und diese hier, die mir alle drei Tage
Das vertrauteste schönste Lächeln schenkt
Das man sich wünschen kann
Lohn fürs Dasein
Zwei Stunden noch, dann hol ich meinen Sohn
Von seiner Mutter
Und zeige ihm die Welt
Und er mir seine

ecco 30.6.2007

LJUDMYLA WILL ES

Der Abend ist gekommen
Und er bringt dir ein Buch vorbei
Das Buch ist leer
Aber *Du* kannst es lesen
Und *Du* siehst es ist voll
Von all meinen Gedanken
An dich

Du kannst sie trinken
Und schmecken
Mit deiner Zunge
Und meine Zunge
Leistet dir Gesellschaft

Sie spielt mit deinen Nerven
Und sie fährt von deinem Hals herab
An deinem Rücken entlang

Sie erzählt dir Geschichten
Von Bäumen und Alleen
Von Hügeln und weiten Wiesen

Dann folge mir zum Fluss
Wo wir den Wellen lauschen
Wir fassen uns

Die Augen leuchten auf und schließen
sich
Die Wasser rauschen
Wir lieben uns
Du mich
Ich Dich

ecco 6.4.2018

Schreiben

Die anderen Tage sind anders
Sie rätseln über meine
Ich aber rede mir ein
ihren Alltag zu kennen
Und neide ihnen ihre Struktur

Sie wissen um die genauen Zeiten
Ihrer Freiheit
Sie ist berechenbar
Sie wissen um den Schatz ihrer Pausen
Meine Pausen aber
Sind das flaue Gefühl des Unverdienstes
Und der schwache Trost des Trotzes
Umso schwächer je älter ich werde

Meine Träume rechnen sich für die anderen nur
Und wie zum Hohn bleibt kalt
Mein bürgerliches Bett
Wer will schon Rätsel atmen hören neben sich?
Es lässt sich besser leben mit einer Lösung
die verspricht, die eine,
die endgültige zu sein.

ecco 29.5.2016

Fehlfarben

Ich habe Angst vor Genauigkeit
Die Unachtsamkeit wird mir fehlen

Ich habe Angst vor Überfluss
Das Wissen, dass nichts
selbstverständlich ist
wird mir fehlen

Ich habe Angst vor dem
Versorgtwerden
Die eigene Stärke wird mir fehlen

Ich habe Angst vor Paradiesen
Das Fehlen wird mir fehlen

ecco, mitte 80er

GEGENWART

Auf Spielplätzen hocken und zocken
Panini-Alben hastig ausgebreitet
Auf umlagerten Pingpong-Platten
Wo Kindheit glücklich Gegenwart feiert

ecco 16.4.2014

GROSSMUTTER BINNICHS

Großmutter Binnichs besuchte am Wochenende
ihren Enkel
Nach ihrer Rückkehr befragt, wie es ihm gehe
sagte sie:
Schwer zu sagen
Wir kamen nicht dazu miteinander zu sprechen
Er saß an seiner Magisterarbeit
über Altenbetreuung,
während ich Fernsehen schaute

ecco mitte 80er
tb 10, S.64

Humanistisches Glaubensbekenntnis

ich glaube an das Recht
jedes Menschenkindes
wo immer es geboren
auf ein Obdach
auf Brot
für den Körper
wie für den Geist
und auf Freizügigkeit

ich glaube an das Recht
jedes Menschenkindes
auf eine Gemeinschaft
von sich Kümmernden
um sein Wohlergehen
und seine Zukunft ringenden
die ihn erlösen
von Schuld
wie auch
von Schuldzuweisung
von Feindschaft
und Ansehen seines Erbes

ich glaube an das Recht
jedes Menschenkindes

erwachsen zu werden
unerschrocken
leichten Herzens
und reich gesegnet
mit Humor
Amen

ecco september 2013

DER KLEINE UNTERSCHIED

mit Menschen,
die fliehenden Kindern
in den Rücken schießen,
kann man nicht verhandeln.

aber mit Menschen,
die sie vom
Kampfflugzeug aus
bombardieren
schon

über Produktpreise

ecco 9.9.2004
(unmittelbar nach der geiseltragödie von beslan)

Die Menschen im Lande

Der Normalbürger
will seine Schäfchen
ins Trockene bringen
Der Arme
hat nicht mal:
das Trockene

ecco meineke 30.1.2017

Einer muss der Letzte sein

Solang er denken konnte
Schlief er als Letzter ein
Und löschte als Letzter das Licht.

Solang er denken konnte
Saß er als Letzter auf dem Barhocker
Bis ihm die Augen brannten
Vom Rauch der Zigaretten

Solang er denken konnte
Geriet er auf die falschen Partys
Kam zu spät
Und sein Weg nach Hause
War stets der längste

Solang er denken konnte
Hörte immer er das letzte Lied
Und das letzte Lied war immer
„New York, New York“

Den letzten Film sah immer er
Bis zum Schluss
Und musste die Zeit danach ertragen
Nachdem jede Hoffnung zerrann

Solang er denken konnte
Hat er verfolgt, wie die Figuren
Auf dem Spielbrett herumzogen.

Mitgespielt hat er nicht.

ecco mai 1990

Meinem Mörder

Imaginärer Brief eines unbewaffneten Jungen, der im Bürgerkrieg,
welcher immer es auch sei, durch eine Kugel umkommen wird,
an seinen Mörder:

Lass mich raten,
lass mich, bevor es soweit ist,
einmal überlegen:
Warum?

Man hängt ja an seinem Leben.
Wenigstens das,
musst du zugeben,
haben wir gemeinsam.

In meinem Fall aber
erscheint dir die Achtung vor einem Menschenleben
vergleichsweise gering.

Ich weiß es.

Ich sehe in deinen Augen weder Zweifel noch Zögern.
Im Gegenteil.
Je länger du auf mich zielst,

desto unnützer wird dir die Zeit,
die du an mich verschwenden musst.

Hättest du doch schon abgezogen und fiele ich doch endlich um,
dass du dich dem nächsten zuwenden kannst,
einem wie mich.

Doch es ist noch nicht so weit.

Vielleicht ... wirst du ein paar Jahre warten müssen.
Oder vielleicht gelingt es mir in dieser Zeit, dich umzustimmen.
Wenn nicht, dann lass mich ein letztes Mal
mein Lied singen,
in dieser letzten Minute will ich mein Haus bauen
und meinen Garten pflegen.

Einen Sommer und einen Winter will ich darin verbringen
und jenen Nachmittag,
an dem ich mit meinem Ball spielte,
bis die Sonne rot wurde.

Das Kind, das wir einst waren,
lass mich noch zeugen.

Diese eine süße Minute, die letzte, will ich haben,
und bevor es mir das Herz zerreißt,
dann,
zum letzten Atemstoß,
wenn alle, die ich liebte, mich verlassen müssen,
bevor es soweit ist, will ich von dir die Antwort,
von DIR, mein Freund.
Nicht dein Gewehr soll für dich sprechen, dein Mund soll es sein.

Ich will es dir einfach machen,
ich möchte meine Frage gut stellen
(schließlich will man wissen,
wodurch man sein Leben verwirkt hat.
Vor der Zeit!).

Wo also haben sich unsere Wege so unglückselig gekreuzt?
Und: Wann?
War es gestern? Vorgestern? Oder vor 200 Jahren?
Und wenn wir,
als wir uns das erste Mal begegneten,
Waffen trugen:
Was bewog uns dazu?
Da wir uns nicht kannten:
Wer lehrte uns, misstrauisch zu sein?
Unsere Väter? Unsere Mütter?

Und wenn nicht diese,
vielleicht deren Eltern?
Oder keiner von allen?
Ein dritter vielleicht, der uns hineinzog
in sein schmutziges Spiel?
Einer, der Geld warf zwischen uns,
auf dass es zu Hass werde?

Wenn sich unsere Wege aber tatsächlich jetzt
zum ersten Mal kreuzen:

Woran erkanntest du, dass ich das Ziel deiner Kugel
sei?
An meinen Haaren, an meiner Sprache, an meinem
Gürtel?
Dass ich auf dieser Seite stehe von der Straße?
Muss ich sterben, weil ich „Student“ bin?
Weil ich Hunger habe?
Weil ich auf die Straße trat, obwohl es verboten war?
Sind es meine Lieder, die dir Angst machen?

Bin ich vielleicht darum dein Ziel,
weil ich im Vergleich zu allen anderen
am leichtesten zu treffen bin?
Lass mich raten,
lass mich, bevor es soweit ist,

einmal überlegen:
Warum?

Man hängt ja an seinem Leben.
Wenigstens das,
musst du zugeben,
haben wir gemeinsam.

Doch bevor es soweit ist, will ich eine Antwort
(schließlich will man wissen,
wodurch man sein Leben verwirkt hat.
Vor der Zeit!).

ecco juni 1990/überarb. okt. 1990
unter dem eindruck der vielen toten zivilisten während
der intifadah in den palästinensischen gebieten

MYKENE

Dumpfes Brüllen vergehender Nacht
Schweigen
Über der aufgewühlten, rissigen, brüchigen
Ebene
Weit reicht der beklommene Blick
Über die flimmernde
Erde
Über den zitternden Halmen
Ragen gebirgene Blicke auf
Urgestein aus menschloser Zeit
Stein auf Stein
Wand an Wand
Keil in Keil fest gehalten
Trotzige Tore aus Bränden
Schwelende Schatten aus Asche
Lasten und klaffende Risse

Verborgen unter stickigem Flügelschlag
Verlassen
In den ruhenden Mauern
Ewiges Warten

Birst, Mykene!

ecco ca. 79

Na und?

Für den Fall
Dass Du jetzt nicht allein bist:

Lies Lyrik!
Lies Lyrik erst recht!

Und rechtfertige Dich so:
Andere lösen Kreuzworträtsel.

ecco 14.9.2011

NEUJAHR

Das neue Jahr
begann mit
Traurigkeit –

Ausgeliefert
an die Fröhlichkeit
der anderen

ecco 1.1.2022

Neurosen

Neurosen zu haben,
ist etwas zutiefst Menschliches.

Der Glaube, ein starker und glücklicher
Mensch sein zu müssen,
erzeugt vermutlich mehr Neurosen
als sich einzugestehen,
dass es zutiefst menschlich ist,
Neurosen zu haben.

ecco 26.4.2010

Omen

wie nach einer unerwarteten
Krankheit
dem Aushauchen
einer Erschöpfung
die zusammenhanglosen Dinge
auf dem Tisch
sich zu erkennen geben
als Tableau

was hieß mich ausgerechnet
heute
darauf bestehen,
dass ein kleines Heft
sein müsse, das kaum
mehr fasst
als ein paar Zeilen?

ausgerechnet dort,
wo ich Gebäck vermutete, wo
dann doch
das kleine Büchlein
auf mich zu warten schien

warum waren mir die Stifte ausgegangen?
warum auch die Zeit zu schreiben, als ich

es doch für nötig hielt?
und jetzt, da der Kleine
über das nächste Kapitel
der langen Erzählung eingeschlafen ist
ein kurzer Zug die Minute zerschnitt
unter mir jemand den Hausflur betritt
die Unterhaltung zweier Nachbarn
emporpoltert und dann in eine Tür fällt.
über mir das Surren einer
Geschirrspülmaschíne

jenseits der großen geheimnissvollen
nächtlichen
Parkplatzes
dessen Ende der Supermarkt begrenzt
wie ein schlafender Tempel
die Ausfallstraße
wann genoss ich das Licht der
Küchenstehlampe
so feierlich?
feierlicher als Heiligabend
ist diese Stunde mir
die Geliebte kurz außer Haus
der ich die nächsten Monate
Kraft zu spenden habe
was ließ mich die kaputten Birnen
der Lampe rechtzeitig ersetzen?

dort steht der Kleber,
mit dem ich noch Etiketten
auf Flyer kleben muss
überschaubare Aufgabe
da noch der Salzstreuer
Sokrates´ Büste
die Postkarten betrachtend
nicht mich, sehr lustig das Bild!
da das kleine Spielzeug
das der Junge nach den Nudeln
von der Fensterbank mopste
der Rest vom Tee
und eine Schale

was ließ mich heute Nachmittag
in der Nische eines Ladens
Pistazien entdecken?
zum ersten Mal
nach Jahren vielleicht?
nur eine Pistazie noch
dann löse ich das Bild auf
in großer Dankbarkeit
dass es sich mir zeigte.

ecco 22.10.2013

POLITISCH SEIN

natürlich ist die Welt schön
man könnte die Arme noch so weit ausstrecken
und könnte sie nicht umarmen

dennoch

ecco 14.10.2012

Mein Schicksal

Andere haben irgendwann gelernt
zu leben
Ich habe nur gelernt
vom Leben
zu träumen

ecco 21.8.1992

Nicht schuldig

„Orkan“
Sagt der Wetterbericht.
Wie schön!
Das ist mal ein Event ...
Ohne böse Absichten
Man muss sich
Wenigstens dafür
Nicht
Persönlich
Schuldig fühlen

ecco 6.11.2013

Schuldfrage

Kein spezieller
Landstrich
Kein spezielles
Land
Ist schuld

Wenn dann
Einzelpersonen

Und selbst da
Mögen viele anders denken
Als sie sich geben

Aber die allgemeine Courage
Steigt natürlich
Mit der Anzahl der Couragierten

ecco 22.6.2005

Sonnenuntergang in Rovinj

Soviel Lichter auf den Wellen
Die Sonne macht das ganz alleine
Am Abend, wie sie da so untergeht
Wie ein müder Krieger
Mit ihren kleinen roten Pupillen
Muss sie
Wo sie doch eigentlich so groß ist
Nur der Entfernung wegen
Klein beigeben

ecco 28.6.2015

Tadschiken triumphieren

Der Triumph der Männer
hat immer etwas Kurzlebiges
und ihre Taten
so groß sie auch sein mögen
tragen immer auch
Verheerung in sich

Aber ihr Stolz
kennt keine Grenzen,
als hätten sie
sich selbst geboren

ecco 26.3.2003 zu fotografien seite 15 in
„100 fotos für die pressefreiheit"

TOLERANZ

Toleranz ist
die Kirche im Dorf lassen
Intoleranz
den Papst in der Kirche lassen

ecco 19.9.2009

Trost

Das Tröstende
am Tod:

Der Zustand
kann sich kaum verschlechtern.

ecco 14.11.2011

Trügerisches Facebook

Alle halbe Stunde
Prüfen, ob
Ein rotes Licht anzeige
Dass ich noch im Spiel bin.

Ein Teil der Szene
Welche auch immer
Es sei
Noch schlimmer:
Welche auch immer
Sie tatsächlich ist.

Derweil verdaut mich die Zeit
Und, wie man sie kennt,
Ist ihr einerlei
Dass ich unreif bin.

ecco 4.9.2011

Unvermutetes Sternbild

Auf der Haut
Ein Firmament aus Mückenstichen
Auf dem Handrücken
Ganz frisch
Der Große Wagen

ecco 18.2.97

erst lernt man, wie man steht und geht
will nach den Sternen langen
dann merkt man, dass die Zeit vergeht
dann ist sie schon vergangen

ecco 8.6.2012

Lob des Gekritzels

Auf der kleinsten freien Stelle
Zwischen den Zeilen von
Zeitungsartikeln
Ist Platz

Auf Postkarten
Deren Rückseiten nicht gänzlich
Voll ausgedruckt sind

Auf U-Bahn-Tickets oder
Bierfilzen
Eine Serviette tut´s auch
Zur Not

Wie gerne ließe ich eine
Bibliothek bauen
In der sich all jene ungebundenen
Kritzeleien befinden
Die wie kleinste Keimlinge doch
Die Betondecke des rasenden Alltags
Durchbrechen
Kassiber des eigenen Untergrundes

ecco 30.1.2017

Wolken

Wolken
Unterm Flieger
Verdeckt meine Scham!

Afrika
Zum ersten Mal
Betrete ich Menschheits Heimatland
Die nur den Fremden
Heimat ist

ecco 4.9.2019
lissabon-marrakech

Zusammenfassung

Nicht mehr als eine Silbe
bleibt übrig
Nicht mehr
als ein Wort
von allen Worten
Nicht einmal eine Zeile lang
sind alle deine Lieder
Ein einziger Ton genügte ihnen
So wie du ein Leben lang trinkst
an einem Tropfen nur
der dein Glas füllt
bis obenhin.

ecco mai 1990
tb 33

WENN DER ERSTE TAG DES NEUEN JAHRES SCHON MAL SCHEISSE IST

das neue jahr
wie naiv es glaubt
schon am ersten tag
es besser zu wissen
ausgeschlafen
frisch gebadet
macht schon wieder der nächste
„schaut, wie gut es mir geht!“
post der ex
aus sonnigen bergen
mit ihrem neuen lover
die saubere show kaputt

ecco 1.1.2023

Für Rosi

Ich kenn eine Frau
die sollte man kennen
Wer sie kennt, der kennt eine ganz besondere Frau
Man liest nichts von ihr in der Zeitung und ein Foto
von ihr
müsste man schon gegen ihren Willen machen
Ich würde sagen, sie lebt im Verborgenen und da
fühlt sie sich wohler als wohl
Von diesem Platz aus hat sie seit Jahr und Tag
Hundertschaften von Musikern versorgt
Bataillone von Dichtern und 77.000 Säle mit
Schinkennudeln aufgefüllt
vom Boden bis zum Dach
von der Theke bis zur Bühne

Ich kenne eine Frau, die stand als erste auf und ging
als letzte ins Bett
Vermutlich hat sie auch dann nicht gescheit
geschlafen
Ein gutes Jahr lang lebte ich in ihrer Wirtswohnung
direkt über dem Künstlerkessel mit der berühmten
Säule
in der Straße mit den berühmten Mühlen
Ich hatte ihren Holzkohleofen
und sie war's zufrieden

wenn sie dafür ab und an
die Geschichte vom Apfel sehen konnte

Ich kenn eine Frau, die sagen kann
„so geschuftet wie ich hat keine"
und wenn die mal nicht schuften kann, dann fehlt
dem Tag der gewisse Reiz
Sodann, wenn die Uhr auf Mitternacht ging und der
letzte Teller belegt
der letzte Zettel erledigt war
dann kam die Ruhe nach der Schlacht
Eine Zigarette und ein Glas
und ein Glas und eine Zigarette
bis eine seidene Decke sich herabsenkte
auf schwere, schwere Augenlider
während sprichwörtlich sämtliche Probleme dieses
Erdballs
zum millionsten Male diskutiert wurden
um sie herum und herum und herum

Ich kenn eine Frau,
die kann sehr lange so sitzen
kann schweigen und denken und wenn keiner damit
rechnet
spannt sie den Bogen, hakt ein und trifft genau ins
Schwarze

Ich kenn eine Frau,
die kann keiner bescheißen
und keiner bestechen
Wer immer in Not war
vom Penner bis zum Professor
der konnte Gift drauf nehmen, dass er hier noch ein Brot bekam.
Die kennen wir genau, diese Frau
und werden sie kennen, solang wir uns selber kennen

ecco 23.9.1994

Brücken

Wie oft sind Brücken wie eine Befreiung
Auf der anderen Seite: Platz
Als wäre man soeben
Einem Raubtier entkommen

ecco 9.2.2018

Im Trakt

Ich weiß nicht.
Flimmere ich?
Oder flimmert die Glühbirne?

ecco tb6

Margaretenplatz

Plötzlich wieder Sonne
In diesem Stadtteil
Ist um diese Uhrzeit
Kein geeigneter Platz
Zum Verweilen
Einzelne beschienene Ecken
An befahrenen Kreuzungen
Die wenigen Bänke
Am Kirchplatz im Schatten
Nur die Treppe
Hinauf zur Kirche
Wie schon neulich
Gelehnt an ein eisernes Geländer
Eine unbequeme Stange, die
Ein ganzes Körpergewicht
In den Rücken bohrt
Großstadtviertel, so viele
Menschen, keinen kennst Du
Keiner kennt Dich
Nur die Sonne
Wärmt Dir Eine
Produktivität herbei,
Einen Text, komm schon!
Als kleiner Trost

Für die große, lähmende
Einsamkeit

ecco 6. oktober 2024
5:30 uhr, margaretenplatz

90 SURE

Im Namen der Dialektik!
Wenn Dein Sieg kommt
und alle treten ein auf die Seite des Sieges,
dann wende Dich ab
und bitte die Besiegten um Vergebung.

ecco 18.04.1998

Game over street

Jazz-Lyrics, Tribute für den Bassisten
Chris Lachotta, † 2016

So ist die Stadt.
So ist die Nacht.

Ihre Glitzer-Katzen kratzen
Den letzten Rest zusammen
Die Hemden gebügelt
Die Flügel gespannt
Die Wimpern getuscht
Husch husch!
Schuhe scharren. Spitze Hacken hacken
Lacke auf Nägeln segeln
Durch die U-Bahn-Säle
Wer sieht mich?
Sieht meinen Wert?
Wer begehrt mich?

Strömen in und scharen sich
Und chillen und chatten
Und snappen und chatten
Die kleinen und die großen Shows
Alles ist groß
Alles ist mächtig
Und macht ein Selfie

Die letzte Bahn: Die Ersten gehen
Die Jüngsten fangen grad erst an
Du hast getan
Was ging
Die Scheibe steht
Und es macht „Bling“
Das Spiel ist aus
Rien ne va plus
Vous devriez aller, mon ami
Geh, geh!

Und jedesmal die lange ewig lange lange Straße
Diese ewig lange lange Straße
Lächerlich jedesmal
Das Taxi zu sparen
Seit wie vielen Jahren?
Das dauert und das zieht und zieht sich
Und das zieht und zieht sich
Und das zieht und zieht sich ...
In die Länge
Ne´ schier nicht endenwollende Strecke
Bis zur nächsten Straßenecke

Die Stadt is´ so leer
Die Füße so schwer
Die Soße im Kopp
Die schwappt hin und her

Die ganze Kopf-Kavallerie
Steigt auf ihr Pferd
Jetzt muss ich ins Bett gehen ... Mist!

So ist die Stadt.
So ist die Nacht.

Bummbumm hinter Nebelwänden
Neben fremden Mädels enden
Und sich an die Flasche klammern
Über all die Faschos jammern, ja Mann, ja Mann!
Mann Mann, ja Mann!

Scheingespräche über Wehwehchen
Laue Witze, schwitzen, schwitzen
Schlange stehen, zu lange stehen in Dauerschleifen
Auf die Thekenränder sehen, allein mit seinem
Dauersteifen
Laser streifen
Über Brüste
Werbepappen auf Gerüsten
Screen-Tütüs für Hedonisten ...
Wer will das alles, bitte, wissen?
Wen jetzt noch küssen?
Geht was, steht was?
Flippen Lippen?
Noch einen kippen

Bis die Sonnen gnadenlos trompeten:
Geht nach Haus! Es ist zu spät!
Rien ne va plus
Der Tag ist nah und nur die Vögel vögeln
Blasen ihre Schnäbel leer
Es geht nix mehr

Und jedesmal die lange ewig lange lange Straße
Diese ewig lange lange Straße
Lächerlich jedesmal
Das Taxi zu sparen
Seit wie vielen Jahren?
Das dauert und das zieht und zieht sich
Und das zieht und zieht sich
Und das zieht und zieht sich
In die Länge
Ne´ schier nicht endenwollende Strecke
Bis zur nächsten Straßenecke

Die Stadt is´ so leer
Die Füße so schwer
Die Soße im Kopp
Die schwappt hin und her
Die ganze Kopf-Kavallerie
Steigt auf ihr Pferd
Jetzt muss ich ins Bett gehen ... Shit!

ecco 14.2.2017

Für Dieter Hildebrandt

Wenn wir jetzt nicht weiterlachen,
weiterätzen, Pointen landen,
wenn wir jetzt nicht weitermachen,
haben wir Dieter nicht verstanden.

ecco 20.11.2013

Ein Glaube, der Menschen zum Tode verurteilt,
weil sie vom Glauben abgefallen sind,
ist Grund genug, vom Glauben abzufallen.
23.11.2015 zu Ehren Ashraf Fayadh

Kein Parfüm ist so gut wie die Jugend.
10.4.2016

Sechs Richtige im Lotto, das kann ja jeder!
Aber sechs Gleiche, des is a Kunst!

Gebt den Menschen
Alle Rechte
Aber gebt ihnen
Keine Macht
11.10.17

Man muss die Menschen
Lieben
Bevor sie
Sterben
26.10.2017

Jeder sollte das tun, was er kann.
Ich z.B. kann
nichts.
10.4.2019

Kinder, die behütet aufwachsen müssen,
werden nicht behütet.
30.5.2019

Kunst ist ein holpriger Prozess vieler Peinlichkeiten,
der hin und wieder Perfektionen zustande bringt.
5.9.2019 essaouira

Bauchmenschen sind oft stolz darauf,
dass sie dem Denken misstrauen.
Das macht sie so manipulierbar.
17.11.2019

Besserwisser sind besonders dann unerträglich,
wenn sie tatsächlich einiges besser wissen.
22.11.2019

Wenn man die Freiheit liebt, sollte man sich rechtzeitig mit der Armut arrangieren.
Wer den Reichtum liebt, muss sich rechtzeitig mit Bevormundung arrangieren.
22.12.19

Schöne Augen sind schön. Schöne Blicke sind besser.
23.2.2021

Wie oft fühlt man sich heimgesucht. Und sucht sich doch nur selber heim.
3.10.2022

Pessimisten beklagen sich,
dass sie immer nur die Schattenseiten des
Lebens sehen.
Dann gehen sie weiter –
mit dem Rücken zur Sonne.
ecco april 86, tb 7

Das Leben ist ein ständiges Auf und Ab von Niederlagen.
ecco 20.3.93

In der Kunst, immer erreichbar zu sein, sind wir unerreicht.
ecco 1995

Fasching
... wo nicht nur
Luftschlangen
rumhängen
ecco 1986

Der beste Schlaf ist der verbotene.
29.3.2000

Gute Musik klingt, als wäre sie leicht gefallen.
29.3.2000

Jedes Haus – und mag es innen noch so schön sein – steht im Freien.
16/6/2001

Der Glaube kann Berge versetzen – die dann anderen im Weg stehen.
20.1.2002

Es gibt zu viele Entschuldigungen für Dinge, für die es keine Entschuldigung gibt.
28.1.2002

Ich gebe zu: Ich bin ein Traumtänzer.
Immerhin nehme ich Tanzstunden.
29.3.2002

Viele empören sich über das Allzumenschliche ihrer Nachbarn, das Unmenschliche ihrer Obrigkeiten aber nehmen sie gelassen hin.
15.04.02

Immer werden Gesetze verabschiedet. Viel zu selten Politiker.
8/2002

In Deutschland wird mehr über Humor diskutiert als gelacht.

„Na, wie war´s?"
„Ach du! Kurzweilig!"
„Also langweilig."

Ich kann sehr gut beim Schlafen fernsehen.
31.12.98

Prioritäten setzen! Prioritäten setzen!
Ja, haben Sie eine Ahnung, wieviel Prioritäten ich habe?

Schon allein für die Militanz, mit der du Recht behalten willst, gehörst du links und rechts bezweifelt!
ecco 8/2007

Es gibt keine historischen Feindschaften.
Es gibt nur historische Dummheiten.
23.2.2008

Religion ist nicht mal Opium fürs Volk.
Es ist ein Placebo.
ecco 2.11.2008

Ich höre gerne Interviews mit mir.
Und bin immer gespannt, ob ich nicht vielleicht doch noch etwas Anderes antworte.
2.5.2011

ÜBER ECCO MEINEKE

Ecco Meineke lebt und arbeitet in München. Er begann noch am Gymnasium Lyrik und Songtexte zu schreiben. Steht dann auch mit 17 Jahren als Musiker auf der Bühne – bis heute. Erhielt 2001 den Deutschen Folkförderpreis für sein Debut-Album „Der Dritte Montag“. Trat parallel als Kabarettist in Erscheinung. 2004 wird er in das Ensemble der „Münchner Lach- und Schießgesellschaft“ berufen, wird auch Haus-Autor der Programme bis 2011. Danach ist er unterwegs mit seinen Solo-Programmen: „und wir kamen aus dem wasser“, „Fake!“, „Liberté! Égalité! Humbatäterä-Tätä!“und „Das Thema ist gegessen“.

Unter dem Namen Ecco DiLorenzo gründete er die Soul-Big-Band „Innersoul“ und das „Ecco DiLorenzo Jazz Quartett“. Wirkt auch hier als Komponist. Mit dem Klarinettisten Andreas Arnold bildet er das Klezmer-Duo „Shtetlmusikanten“. Für den Film „Der Schuh des Manitu" schrieb er alle Songs (u.a. den „Superperforator“) und sang im Studio alle männlichen Stimmen ein.

Mit dem Pianisten Andy Lutter schuf er 2019 das Chanson-Album „Blattgold“. Im gleichen Jahr schreibt Meineke für die Aufführung des Kult-Musicals „Der Watzmann“ im Deutschen Theater,

München, ein neues Skript. Er ist ebenso im Bereich der Bildenden Kunst tätig, unterhält in München die Produzenten-Galerie „GaGalerie", stellt seine Foto-Arbeiten aus (München/Berlin), kuratierte zur Wiedereröffnung der Pinakothek der Moderne die Outdoor-Installation „DADA-WIESN", war mit Videoarbeiten im Goethe Institut Amman vertreten.

2023 schreibt er das Theaterstück „Das Spil" über das Leben und Wirken des polnisch-jüdischen Pädagogen, Arztes und Schriftstellers Janusz Korczak (der „Vater der Kinderrechte"), musikalisch begleitet vom 6-köpfigen Spil-Orchester. Es wird im Winter uraufgeführt, eine Hörspielfassung davon wird zwei Jahre später vom polnischen Rundfunk landesweit ausgestrahlt. Ende des Jahres wird ihm der „Bayerische Poetentaler" verliehen.

2024 schreibt er mit Julia von Miller die Anti-Patriarchat-Revue „Jurassic Parc". Im selben Jahr erscheint seine kabarettistische Autobiographie „Ich sehe breits einen Tunnel am Ende des Lichtes" als Buch (Alibri Verlag).

2025 hat sein Getup-Standup-Programm „Future – muss ja" Premiere.